Der Letzte

Ernst von Wildenbruch

Wie oft bin ich ihm auf meinen Spaziergängen begegnet, und wie freute ich mich jedesmal, wenn ich ihn von ferne kommen sah, den Rektor der Vorschule zu ..., den alten Bauer!

Ich war ein eifriger Spaziergänger und wählte fast immer einen und denselben Weg; man lernt dabei jeden Stein und jedes Blatt am Wege kennen, man empfindet doppelt die belebende Wonne des Frühlings, wenn man den Busch, den man im Winter wie einen Besen zum Himmel ragen sah, mit Knospen sich bedecken sieht; man beobachtet, wie von gestern zu heute die Knospen aufgebrochen sind, wie sich Blättchen ansetzen, wie sie immer größer wachsen, immer dunkler sich färben, und so, jeden Tag in die lautlose Werkstatt der schaffenden Natur blickend, liest man von Tage zu Tage wie an einer großen Uhr den rastlosen Wandel der Zeit. Ob diese Empfindungen es waren, die auch ihn bewegten, den Weg, den ich mir zum Spaziergang ersehen hatte, regelmäßig, beinahe täglich zu gehen, ich weiß es nicht; jedenfalls aber mußte der Weg auch ihm gefallen, und er war auch hübsch genug.

Am rechten Ufer des großen Stromes entlang, welcher dort seine grauen Fluthen durch den östlichen Theil der norddeutschen Tiefebene der Ostsee entgegenwälzt, war ein hoher Erddamm aufgeworfen, der das rechtsseitige, flache Ufergelände vor den Überschwemmungen des Flusses schützen sollte, wenn dieser im Frühjahre mit Hochwasser ging. Der Damm war unabsehbar lang, denn auf Meilen hin ist das rechte Ufer dort ganz flach, während das linke in Abhängen herabsteigt, an deren Fuße die Stadt belegen war, in der wir Beide wohnten, der alte Rektor Bauer und ich. An einzelnen Stellen trat der Schutzdamm unmittelbar an den Strom heran, seinen Windungen folgend, wie ein Sicherheitswachmann, dem ein gefährlicher Patron zur Aufsicht anvertraut ist und der ihn nicht aus den Augen lassen will; an anderen Stellen blieben zwischen Wasser und Damm größere oder kleinere Stücke Erdreich, welche man der jährlich wiederkehrenden Überschwemmung preisgab. Dies waren verwilderte, wüste Stücke, auf denen Nichts gedieh, weil die Sandablagerungen des Stromes keine Frucht aufkommen ließen, und wo nur ein Gestrüpp von Weiden und Erlen wuchs. Der Strom nämlich, wie man in jener Gegend zu sagen pflegte, »hatte es in sich«. Im Sommer oft so flach, daß die Schiffer ihre Kähne nur mit Mühe und Noth auf ihm weiterstoßen konnten, kam er im Frühjahre und manchmal, wenn es in den Gebirgen geregnet hatte, auch später noch, plötzlich wild und toll einhergetanzt. Dann wurde sein mürrisch graues Wasser braun und gelb, Blasen stiegen auf und quirlten zusammen, und so weit sie vermochten, griffen die Arme des landschleichenden Gesellen über das flache Ufer hinaus, wie die eines Bettlers, der plötzlich reich geworden ist und nun gleich Alles haben möchte. In solchen Zeiten war es dann auf dem Damme besonders schön: man sah, wie das gierige Gewässer an den Erdwällen höher und höher klomm, und wenn der Nordwind über das flache Land dahergejagt kam und die widerspenstigen Wellen des Flusses zurück und klatschend an die Wände des Dammes warf, wenn dann Sturmgebrause und Wassergetöse zu einem öden, einförmigen, den ganzen Raum zwischen Himmel und Erde erfüllenden, mächtigen Naturlaute ineinander tönte, dann fühlte man etwas vom Urzustande der Elemente und dem schauernden Dufte der Gefahr.

An einem solchen Tage war es, als wir uns wieder begegneten und zum ersten Male ansprachen, nachdem wir unzählige Mal schweigend und heimlich lächelnd aneinander vorübergegangen waren. Ich war auf dem Wege hinaus; er kehrte zur Stadt zurück. Indem ich an ihm vorüberschritt, blieb er stehen. »Wenn Sie weiter gehen wollen,« sagte er mit angestrengter Stimme, denn der pfeifende Wind riß ihm den Schall der Worte vom Munde, »so möchte ich Sie warnen; der Damm hat soeben an der Weidenklippe ein Leck bekommen, und der Racker von Fluß thut das Seinige, um das Übrige nachstürzen zu lassen; ich bin auf dem Wege, um in der Stadt Lärm zu schlagen.«

Er hatte noch nicht zu Ende gesprochen, als ich bereits mit ihm umgekehrt war und den Heimweg eingeschlagen hatte; der Wind setzte sich uns in den Rücken und trieb uns wie zwei Schiffe mit gespannten Segeln vor sich her. Unterwegs erzählte er mir die näheren Einzelheiten: Der Strom ging noch mit vereinzelten Eisschollen; eine derselben, die sich während ihrer Fahrt scharf wie eine Glasscheibe abgeschliffen hatte, war gegen die vorspringende Böschung des Dammes getrieben und hatte dieselbe aufgekämmt; das Wasser war in das Loch gedrungen, und plötzlich war ein beträchtlicher Theil der Böschung herabgesunken.

»Sie haben es selbst mit angesehen?« fragte ich.

»Nein,« erwiderte er, »aber ich weiß das aus Erfahrung; seit dreißig Jahren beobachte ich den Fluß.«

»Und Sie scheinen ihn während der Zeit nicht gerade liebgewonnen zu haben?« sagte ich, indem ich seiner Bezeichnung von vorhin gedachte.

»Es ist ein böses, heimtückisches Wasser,« gab er zur Antwort, »und hat schon viel Schaden und Herzleid angerichtet.«

Mittlerweile waren wir in die Stadt gelangt und auf das Rathhaus gegangen, wo in solcher Zeit eine besondere Stromwache organisirt war; es wurden sogleich Arbeiter hinausgeschickt, und die Vermuthung des alten Rektors bestätigte sich vollkommen; es war höchste Zeit, daß Hilfe kam, um einen Dammbruch zu verhüten. Mit Faschinen wurde die Öffnung gestopft.

So waren wir bekannt, und ich um einen Menschen reicher geworden. Die Art und Weise des alten Mannes, seine besonnene Entschlossenheit, sein gelassenes Sprechen fesselten mich an seine Persönlichkeit, und diese Zuneigung wuchs von einem zum anderen Male, so oft ich nun mit ihm zusammentraf und meine Schritte den seinigen anschloß. Seine Einfachheit hatte nichts mit der Nüchternheit gemein; seine dunklen, blaugrünen Augen hatten den scharfen Blick der Menschen, die viel und aufmerksam mit der Natur verkehren, und seine hageren Gesichtszüge jenes nach innen gekehrte Lächeln derer, die viel erlebt haben, und deren Herz ein gutes Gedächtniß besitzt.

Er leitete, wie gesagt, die Vorschule des Gymnasiums; seiner Obhut waren die Knaben anvertraut, welche in die ersten Anfangsgründe des Wissens, Lesen, Schreiben und die vier Species, eingeweiht werden sollten, um sodann in die untersten Klassen des Gymnasiums einzutreten, jene Kerlchen, die man des Morgens mit grünen Sammet- und Dachsfell-Tornisterchen durch die Straßen wandeln sieht. Es begreift sich daher, welche Wichtigkeit der alte Bauer für die Eltern dieser seiner kleinen Schutzbefohlenen besaß, wie oft sein Name in den Familien genannt wurde, und so oft es geschah, hörte man ihn mit Ausdrücken der Hochachtung und Verehrung aussprechen. Geradezu überraschend aber war es, mit welch' hingebender Liebe die Kinder selbst an dem alten Manne hingen. Ich hatte Gelegenheit, mich davon zu überzeugen: Der Damm mündete am Ausgange der Vorstadt, und sobald die Kinder, die sich in den Nachmittagsstunden spielend in den Straßen und vor den Hausthüren umhertummelten, den Rektor von ferne kommen sahen, entstand ein allgemeines Drängen und Hasten zu ihm hin. Spiele wurden unterbrochen, Streitigkeiten vorläufig vertagt, im Galopp kam es von allen Seiten an, so rasch die kleinen Beine tragen wollten.

Seine Beliebtheit erstreckte sich weit über die Grenzen seiner Vorschule und über die Scheidelinie der Geschlechter hinaus; das ganze Kindervolk, Behoste und Unbehoste, Gestiefelte und Barfüßige, Knaben und Mädchen, stürmte heran, um dem »Herrn Lehrer« den Tribut seiner Liebe darzubringen. So kam es, daß wir jedesmal von einem kribbelnden Schwarme kleinen Menschenvolkes umringt waren, und nie werde ich vergessen, wie die kleinen Hände sich ausstreckten, um sich in seine Hand zu legen, wie die hellen Kinderaugen, süß verschämt und doch glückstrahlend, zu ihm sich erhoben, mit jenem hold vertrauenden Ausdruck, den der Blick des Kindes annimmt, wenn es fühlt, daß der Erwachsene es versteht.

Mitten in diesem Ansturme von Zärtlichkeit stand er nun, den langen Oberleib etwas vornüber geneigt, wie ein alter Kirchthurm, den die Schwalben umzwitschern, die Mundwinkel in schalkhaftem Lächeln herabgezogen, die Augen voll unendlicher Güte; hier und da umfaßte er ein lockiges Köpfchen mit seinen gespreizten Fingern; hier und da ward unter ein Kinn gegriffen und das Gesichtchen emporgehoben; gesprochen wurde wenig; aber wenn er eins oder das andere der Kinder anredete, so kannte und nannte er sie alle bei Namen. Besondere Freundlichkeit zeigte er den kleinen Wesen, die zu schüchtern waren, bis zu ihm heranzudringen und die außerhalb des Kreises standen, von ferne ihre Augen auf ihn richtend. Er lockte sie heran und strich ihnen zärtlich über die erglühenden Wangen; und eine gleiche Aufmerksamkeit zeigte er da, wo er ein Kind weinen sah. Er beugte sich tief herab und ließ sich die Ursache des Kummers wie ein Beichtgeheimniß ins Ohr flüstern, und er ruhte nicht, bis daß die Thränen zu fließen aufgehört hatten und helle Freude wieder eingekehrt war. Und dieses Trösteramt betrieb er mit einer ganz eigenthümlichen Wichtigkeit; sein Gesicht nahm während desselben einen beinahe besorgten Ausdruck an.

Eines Tages konnte ich nicht umhin, ihm scherzend meine Verwunderung darüber auszusprechen, daß er eine Sache, von der die Mehrzahl der Menschen so wenig Aufhebens zu machen pflege, mit solcher Ernsthaftigkeit behandle. Er hörte mich ruhig an, blieb ganz ernst und nickte anfänglich nur schweigend vor sich hin, wie er zu thun pflegte, wenn ein Gedanke, eine Erinnerung ihn beschäftigte.

»Ich weiß wohl,« sagte er nach einiger Zeit, »wie die Mehrzahl der Erwachsenen an den Thränen der Kinder vorübergeht, lächelnd, oder ärgerlich und voll Ungeduld. Sie glauben nicht an die Schmerzen der jungen Seelen, weil sie die Kinder nicht kennen. Kinder sind wie die Blumen, sie können nicht zu uns herauf, wir müssen uns zu ihnen niederbeugen, wenn wir sie erkennen wollen. Wer sich die Mühe aber giebt, der wird in ihren Blättern nicht immer nur den Thau des Himmels finden, er wird in so mancher von ihnen einen schwarzen, schrecklichen Wurm entdecken, der mit reißenden Kiefern den zarten Kelch zerfleischt. O, es giebt Schmerzen in der Kinderseele, und wer sie gesehen hat, vergißt sie nicht wieder!«

Es war ein sonniger, warmer Frühlingstag, als wir dies Gespräch führten, das Hochwasser hatte sich allmählich verlaufen und bildete nur in den Weidengestrüppen am Fuße des Dammes noch Tümpel und Teiche. Die Ackerbesitzer waren auf ihre Felder herausgekommen und fingen an, dieselben frisch zu bearbeiten. Indem wir den gewohnten Gang entlang schlenderten, sah ich vor uns, hart an der Kante des Dammes nach dem Flusse zu, ein Bürschchen von etwa sechs Jahren mit dem Gesichte zur Erde am Boden liegen. Es war ein blondhaariger, zarter, kleiner Junge, nur mit einem Hemde und einem Paar Höschen bekleidet, offenbar das Kind armer Leute. Vermuthlich war der Knabe, während die Mutter auf dem Felde unten mit dem Einsetzen von Kartoffeln beschäftigt war, den Damm hinaufgelaufen, hatte sich, gelockt von der Annehmlichkeit des sonnedurchwärmten Erdreichs, auf den Boden niedergelegt und war eingeschlafen.

Das Geräusch unserer Schritte und die laute Stimme des alten Bauer mochten ihn geweckt und gleichzeitig erschreckt haben; denn indem wir jetzt dicht an ihn herangekommen waren, sah ich, wie ein plötzliches, nervöses Zucken den dürftigen, kleinen Körper erfaßte, mit hastiger Bewegung hob er den Kopf von den darunter gelegten Armen empor, im nächsten Augenblick hatte er den Boden verloren und rollte den Abhang des Dammes hinunter. Unmittelbar an der Stelle, wo dies geschah, befand sich eins der erwähnten Gestrüppe, in welchem das Wasser, freilich in nicht mehr beträchtlicher Höhe, stand.

Der alte Rektor stieß einen halbunterdrückten Schreckensruf aus und sprang mit zwei, drei Sätzen den Abhang hinunter, dem Kinde nach. Im Augenblick, da dieses beinahe das Wasser berührte, hatte er es erfaßt und riß es mit krampfhaftem Griffe vom Boden empor. Sobald der Knabe, der von dem plötzlichen Vorgange wie betäubt war, zur Besinnung kam, fing er kläglich zu schreien an. Der Alte setzte ihn auf seinen linken Arm und ließ ihn reiten, und während er langsam die Böschung mit ihm heraufkletterte, zog er sein Taschentuch und wischte dem Kinde die Erde aus den Haaren und dem Gesicht. Der Knabe, der von Natur schwächlich zu sein schien und der nun erst ganz zu dem Bewußtsein gelangte, daß etwas Besonderes mit ihm vorgegangen war, fing naturgemäß immer lauter zu schreien an und nun lief der alte Mann wohl fünf Minuten lang mit ihm den Damm auf und ab, indem er ihn hätschelte, ihm gut zuredete und tausend Possen mit ihm trieb. Endlich war sein Ziel erreicht, und als er ihn zur Erde setzte, lachte der Kleine vergnügt wie ein Kobold.

Alles dieses war unendlich drollig und zugleich rührend anzusehen. Um ein letztes Pflaster auf den erlittenen Schreck zu legen, griff der alte Rektor in die Tasche und holte ein Fünfpfennigstück hervor. »Aber Dich nie wieder so dicht am Wasser auf die Erde legen und einschlafen! Verstanden?« sagte er, indem er dem Kinde das Geldstück vor die Augen hielt.

Ob diese Mahnung allzu aufmerksame Ohren fand, möchte ich bezweifeln; denn sobald der Knabe die Münze in seiner Hand fühlte, drehte er kurz um und schoß wie die Kugel aus dem Laufe vom Damme herab auf seine Mutter zu, indem er seinen Reichthum in der hoch erhobenen Rechten über dem Kopfe schwang. Wir blickten ihm nach, und unwillkürlich mußte ich lachen, als ich sah, welch' überschwängliche Freude sich in der hastigen Bewegung der laufenden kleinen Beine ausdrückte; sie waren wie zwei Ausrufungszeichen des Entzückens.

»Gebt doch besser Acht auf Euer Kind,« rief der alte Bauer mit erhobener Stimme der Frau zu, die unterdessen, ohne von den Vorgängen auf dem Damme Notiz zu nehmen, an ihren Kartoffeln weiter gearbeitet hatte. »Euer Junge wäre um ein Haar ins Wasser gefallen,« fuhr er fort, als sie jetzt, durch das Freudengeschrei des

Kleinen aufmerksam gemacht, den Kopf erhob. Was der Knabe ihr erzählte, konnten wir nicht verstehen, indessen war der Eindruck nur ein geringer, denn sie blickte noch einmal flüchtig, mit einem schnellen Kopfnicken zu uns herauf, bedeutete ihren Jungen, sich bei ihr zu halten und kehrte zu ihrer Beschäftigung zurück.

»So sind diese Menschen,« sagte der Rektor, indem er den Hut abnahm und sich den Schweiß von der Stirn wischte; »erst wenn sie die Kinder verlieren, merken sie, daß sie ein Kleinod besessen haben, das von selber leuchtend ihre Armuth mit Licht erfüllte.«

»Glauben Sie aber wirklich,« fragte ich, »daß das Kind hätte Schaden nehmen können? Das Wasser steht so niedrig, daß ein kaltes Bad, meiner Meinung nach, das Aeußerste gewesen wäre, was ihm hätte begegnen können.«

»Sie haben Recht,« erwiderte er, indem er auf den Tümpel niederblickte; »ich sehe erst jetzt, daß ich mich unnöthig aufgeregt habe – es muß daher gekommen sein, daß es gerade an dieser Stelle hier geschah.«

»Wieso gerade an dieser Stelle?« fragte ich überrascht. Er antwortete nicht, und an dem starren Blick, mit dem er in die Tiefe schaute, gewahrte ich, wie irgend eine Erinnerung von dort unten emporstieg und ihn mit ihrem träumerischen Netze umflocht.

»Was ist an dieser Stelle?« fragte ich noch einmal, »ist sie durch ein besonderes Ereigniß gezeichnet?« Ich mußte es getroffen haben, denn er richtete das Haupt auf und sah mir mit einem heißen Blick in die Augen.

»Sie haben eine Erklärung von mir verlangt,« sagte er mit feierlichem Tone, »weshalb ich mich zu den Kindern niederbeuge, ihre Schmerzen erforsche und ihre Thränen trockne – ich habe Ihnen ein paar allgemeine Worte erwidert, die Erklärung war nur halb, morgen sollen Sie die ganze haben – morgen,« wiederholte er träumerisch. Er drückte mir die Hand, und ich sah ihn, nachdenklich gesenkten Hauptes, zwischen den Häusern der Stadt verschwinden.

Als wir uns am nächsten Tage trafen, erzählte mir der alte Rektor Folgendes:

»Es ist eine Reihe von Jahren her, als zu dem Artillerieregiment, welches hier in Garnison steht, ein Hauptmann versetzt wurde, der aus dem Westen Deutschlands kam.

»›Der schwarze Hauptmann‹, unter dem Namen ging er bei den Soldaten und dem Volke, und wenn man ihn sah, verstand man die Bezeichnung. Alles an ihm war finster und schwarz. Dunkles Haupthaar und ein lang wallender Bart von gleicher Farbe umrahmten das wettergebräunte Gesicht, aus dem die Augen unter buschigen Brauen hervorschauten, dazu kam die dunkelblaue Artillerieuniform, mit dem schwarzen Sammet an Kragen und Mütze, die seine Hünengestalt umschloß.

»Es war an einem Winternachmittage, als ich ihn zum ersten Male sah, und ich werde nie vergessen, wie er gleich einem großen, dunklen Schatten an mir vorüber und durch den weiß leuchtenden Schnee dahinschritt. Ich muß ein sehr verdutztes Gesicht gemacht haben, denn er streifte mich mit einem flüchtigen Blicke, und dadurch bekam ich Gelegenheit, sein Gesicht zu erkennen. Wenn ich je ein düsteres Menschenantlitz gesehen habe, so war es dieses. Es war nicht hart, nicht abstoßend, nicht einmal streng, aber von erdrückendem Ernste; das Gesicht eines Mannes, der sich klar geworden ist, daß das Schicksal ihm als Feind gegenübersteht, und der den unerbittlichen Kampf aufgenommen hat, um ihn durchzuführen bis an das Ende. Augen, die nie gelacht hatten, ein Mund, der nicht zum Sprechen geschaffen zu sein schien. Seinem Aeußeren entsprach, nach Allem, was ich hörte, sein inneres Wesen, er war ungesprächig, ungesellig, und hauste einsam in seiner Wohnung, die er sich hier in der Vorstadt, in der Nähe der Stallungen seiner Batterie, gemiethet hatte. Die Wohnung war viel geräumiger, als ein Einzelner sie für sich braucht, und die Wißbegier der Nachbarn, welche die Gestalt des schwarzen Hauptmanns emsig, wie ein Bienenschwarm die Blume, umkreiste, hatte denn auch bald herausbekommen, daß er ein Mann mit Frau und Kindern war und daß er seine Familie nachkommen lassen würde, sobald er sich am Orte eingerichtet hätte.

Diese erste Nachricht erhielt bald eine Berichtigung durch eine zweite: die Frau lebte nicht mehr. Wann sie gestorben war, konnte man nicht erfahren, aber daß sie gestorben war, das stand fest. Gottlieb Bänsch, der Bursche des Hauptmanns, der seinem Herrn beim Einrichten der Wohnung behilflich war, hatte gesehen, wie derselbe über dem Schreibtische in seiner Wohnstube ein Bild aufgehängt hatte, eine Photographie in schwarzem Ebenholz-Rahmen, mit einem schwarzen Kreuze in der Mitte darüber, das Bild einer Frau.

»Die muß aber 'mal schön gewesen sein!« hatte Gottlieb Bänsch der lauschenden Portiers-Frau anvertraut, durch welche die Nachrichten über den Hauptmann sich dann weiter verbreiteten. Aus einem Futteral, »ganz von schwarzem Sammet«, hätte der Herr Hauptmann das Bild »vorgeholt«, und jedesmal, wenn er vom Dienst nach Hause käme, sähe er nach dem Bilde hin, und Abends, wenn er sich die Lampe auf den Tisch setzen ließe, rückte er sie so, daß das Licht gerade darauf fiele. Und eines Abends, als er seinem Herrn wie gewöhnlich das Abendessen zubereitete, da hätte dieser, der wieder vor dem Schreibtische saß, sich nach ihm umgedreht und gefragt, ob er mit Rindern umzugehen verstände, und als er darauf nicht gewußt, was er sagen sollte, hätte der Herr Hauptmann weiter gefragt, ob er Kinder gern hätte? Und als er darauf geantwortet habe: »jawoll, die könnte er sehr jut leiden«, da hätte der Herr Hauptmann mit dem Kopfe genickt und dann so das Bild angesehen und gesagt, die Kinder hätten keine Mutter mehr, und eine besondere Wartefrau anzunehmen, das sei sehr theuer, und das paßte ihm auch nicht, und darum wollte er's zuerst mal so versuchen. Und dann wäre der Hauptmann aufgestanden und in der Stube hin und her gegangen, so lange bis der Thee ganz kalt geworden wäre, und als er nach einer Weile gefragt hätte, ob der Herr Hauptmann vielleicht Thee zu trinken befohlen? da wäre er stehen geblieben und es hätte ausgesehen, als ob er jetzt erst merkte, daß der Bursche noch dastand, und hätte gesagt: »ach so – geh' nur zu Bett« und hätte ihm eine Cigarre geschenkt. Gottlieb Bänsch war zufrieden mit seinem Herrn, ›man hätte es ganz gut bei ihm,‹ meinte er. –

»Dieser Ansicht, daß er gut sein müßte, schloß sich nach dem, was sie gehört hatte, auch die Portiers-Frau an, und daß er seine junge schöne Frau verloren hatte und solchen Kummer um sie litt, das erregte ihr Mitgefühl. Ihre energische Zunge sorgte dafür, die empfangenen Nachrichten bei der Nachbarschaft in Umlauf zu setzen und an Stelle der staunenden Neugier, die dem einsamen Manne bisher gefolgt war, trat die mitleidige Scheu, die man dem Unglück entgegenbringt. Mit Spannung erwartete man die Ankunft seiner Kinder.

»Der schwarze Hauptmann hatte sich zu Gottlieb Bänsch dahin geäußert, daß er selbst die Kinder abholen würde, daß er dazu aber den Frühling abwarten wollte, denn der Winter sei hier zu Lande sehr kalt, und sie wären in ihrer Heimath an solche Kälte nicht gewöhnt. Diese Nachricht vermehrte das Interesse; man machte sich im Geiste ein Bild von den Kleinen, die in einem Lande geboren waren, wo es so viel wärmer war und daher so viel schöner sein mußte, und man lobte den ernsten Mann, der so viel Sorgfalt für die zarten Geschöpfe zeigte. Der Frühling kam, der Hauptmann reiste eines Tages mit der Eisenbahn ab, und wieder einige Tage später begab sich Gottlieb Bänsch an einem vorher bestimmten Abende, zu später Stunde auf den Bahnhof, um seinen Herrn zu empfangen. Bald darauf, als es schon ganz dunkel war, rasselte eine geschlossene Kutsche an dem einsamen Hause vor, Gottlieb Bänsch schwang sich vom Bocke und öffnete den Schlag des Wagens, aus dessen Innern er ein Päckchen heraushob, das, wenn man es genauer betrachtet hätte, sich als ein schlafendes Kind herausgestellt haben würde. Dann kamen zwei kleine Beinchen und nach diesen zwei noch kleinere den Tritt herabgeklettert, nach diesen die lange Gestalt des Hauptmanns selbst, welcher ein gleiches Päckchen wie Gottlieb Bänsch im Arme trug, die Hausthür öffnete sich und schloß sich dann wieder – der schwarze Hauptmann war mit seinen vier Kindern eingerückt.

»Und siehe da – am nächsten Tage, als es heller, warmer, sonniger Mittag war, da geschah ein Wunder, ein holdes, liebliches Wunder; die Thür an des Hauptmanns Hause ging auf, und heraus kamen vier Knäblein, eines immer etwas kleiner als das andere, wie Orgelpfeifen, vier entzückende, reizende kleine Geschöpfe. An der Schwelle der Hausthür hatten sie das erste Hinderniß zu bestehen, denn an derselben stand die Portiers-Frau, welche beim Anblick der vier Bürschchen in lauter Wonne die Hände zusammenschlug und sie nicht eher vorüber ließ, bis sie jeden einzelnen derselben halb todt geküßt hatte.

»Dann kam Gottlieb Bänsch, der zum ersten Male seines Amtes als Kinderfrau wartete und dessen gutes, ehrliches Gesicht vor Vergnügen und Eifer ganz roth war. »Die reine Mutter – jar nischt vom Vater, aber auch rein jar nischt,« sagte er über die Kinder hinweg zu der Portiers-Frau, die noch immer am Boden kniete und sich vor Erstaunen nicht zu lassen wußte. Er ordnete seine kleine Kolonne, indem er das jüngste der Kinder auf seinen linken Arm, das zweitjüngste an seine rechte Hand nahm, die beiden ältesten Knaben, von sieben und von sechs Jahren, faßten sich gegenseitig an der Hand und schritten voraus. Mit kleinen trippelnden Schritten kamen sie über die Straße herüber, den Damm herauf, von Gottlieb Bänsch gelenkt, der ihnen durch Zurufe wie »nu links lang« und »so – nu jrade aus« die Richtung des Weges angab, und so begegnete ich ihnen an jenem ersten Tage.«

Der Rektor schwieg und wischte sich das Gesicht – war es der Schweiß, den er trocknete? ich glaube nicht.

»Wie viele Jahre,« fuhr er nach langer Pause fort, »sind hingegangen seitdem, wie oft hat die Sonne ihren Bogengang vom Morgen zum Abend über den Damm hin beschrieben, und immer, so lange es her ist, habe ich ein Gefühl, als sei eine Leere, ein dunkler, nicht zu erhellender Fleck an der Stelle geblieben, wo ich die Kinder damals sah und nun nicht mehr sehe. Der Fleck, ich weiß wohl, ist in meinem eigenen Innern, denn ich kann das Licht nicht vergessen, das in mir aufging, als ich sie langsam daherkommen sah, diese viere, mit ihren langen, blonden, im leichten Winde flatternden Locken, mit den großen, strahlend blauen Augen, die sich staunend auf die neue Welt ringsumher und auf die fremden Menschen richteten, die an ihnen vorbeieilten. Diese Lichtgestalten die Kinder des finsteren schwarzen Hauptmanns? Ich vermochte es kaum zu fassen; denn es war, als wenn man aus einem alten, dürren Stamme, den man für abgestorben und todt gehalten hat, plötzlich frisches, duftendes Grün hervorbrechen sähe. Ich blieb vor ihnen stehen, und die beiden voranschreitenden Knaben sahen den fremden Mann, der ihnen den Weg versperrte, schüchtern und ängstlich an.

»›Wie heißest Du denn?‹ fragte ich den Aeltesten, und nach einigem Zögern erwiderte er, indem er mir groß ins Gesicht sah: ›Edmund‹; er sprach etwas den breiten Dialekt seiner Heimath, so daß sein Name sich in dem kleinen Munde wie ›Eedmund‹ anhörte, und das klang unendlich reizend und hübsch. Ich wandte mich mit der gleichen Frage an den Zweiten; dieser aber schmiegte sich, ohne zu antworten, ängstlich an den Bruder. Der kleine Edmund sah erst den verlegenen Bruder und dann mich an und mit einem allerliebsten Lachen sagte er sodann: »Hermann heißt er«, was in seinem Munde wieder wie »Heermann« klang. Er schaute mich jetzt ganz fröhlich mit den offenen Augen an und schien seine Aengstlichkeit vergessen zu haben. »So gebt mir einmal Eure Hand,« sagte ich – und die beiden kleinen rechten Hände vereinigten sich in der meinigen.

»Wir werden gute Freunde werden, nicht wahr?« sagte ich, indem ich mich tief zu den Knaben niederbeugte. Der kleine Edmund nickte mir mit seinem blonden Lockenkopfe energisch zu, das Hermännchen lächelte mich sanft an.

»Ich wandte mich zu den beiden Jüngsten, welche drei und vier Jahre zählen mochten. »Das ist der Georg,« erklärte der kleine Edmund, der mit mir zu seinem Brüderchen herangetreten war, indem er die erste Silbe des Namens betonte, und er zeigte auf den Kleinen, welchen der Bursche an der Hand führte. Das linke Händchen des Kindes hing in der großen, schweren Hand des Soldaten, und mit einer Sorgfalt, als fürchtete er die zarten Finger zu zerbrechen, hielt Gottlieb Bänsch die kleine Hand gefaßt. »Und das ist der kleine Moritz,« sagte Edmunds helle Stimme, als wir endlich vor dem Kerlchen standen, das auf des Burschen linken Arme saß. Ich wollte seine Hand ergreifen, aber das Kind wurde ängstlich und schlang beide Arme um den Hals des Burschen, so daß sein kleines Gesicht sich dicht an dessen Kopf drückte.

»Gottlieb Bänsch lachte über sein breites, gutmüthiges Gesicht. ›Jieb doch Händchen,‹ sagte er, ›so jieb doch Händchen‹; aber seine Ermahnung wollte nicht recht fruchten.

»Er ist noch so klein – er fürchtet sich noch,« erklärte mir Edmund, um die Unbehilflichkeit des kleinen Bruders zu entschuldigen. Er schien sich seiner Würde und Verpflichtung als »Größter« vollkommen bewußt, und ich mußte herzlich lachen.

»Und Du also,« wandte ich mich wieder an, ihn, »Du bist der große Edmund?« Der Knabe schaute mit den klugen schönen Augen so fröhlich zu mir empor, daß ich mich nicht enthalten konnte, ihn unter den Armen zu ergreifen, hoch in die Luft zu schwenken und einen herzhaften Kuß auf das blühende Gesicht zu drücken. Sobald ich ihn wieder zur Erde gesetzt und er sich das Kittelchen zurecht gerückt hatte, schoß er einige Schritte voraus, und ich sah, wie er an der Kante des Dammes sich niederbeugte und etwas aus der Erde raufte. Gleich darauf kam er zurück, indem er mir ein eben aufgebrochenes Veilchen entgegenhielt.

»Soll das für mich sein?« fragte ich, und das liebenswürdige Kind nickte mir stumm zu und erröthete lächelnd, während ich die Blume aus seinen, von der aufgewühlten Erde braun gefärbten Fingern nahm.

Jetzt hatte auch das Hermännchen Muth gefaßt und kam zu mir heran.

»Bitte, mich auch fliegen lassen,« rief es, und so mußte es denn auch emporgeschwungen werden, und als der Georg und der kleine Moritz das Brüderchen so lustig emporflattern sahen, fingen sie an, vor Entzücken zu kreischen, und es war ein Lärm von lauter Glück und Seligkeit.

»›Na nu sagt adjee und danke och scheen,‹ ermahnte Gottlieb Bänsch, welcher als Kinderführer und Erzieher die bedeutendsten Fortschritte machte.

»Edmund und Hermann, oder richtiger gesprochen Mundi und Männchen – denn ein Kind, das man ohne zärtliche Abkürzung des Namens nennt, ist wie eine Blume, die man nur mit botanischem Latein bezeichnet – Mundi und Männchen also zogen nunmehr ihre kleinen Filzhüte vom Kopfe und machten gleichzeitig eine Verbeugung nach meiner Richtung hin, die sehr ernsthaft gemeint war und unendlich drollig aussah. Dann faßten sich Beide wieder an der Hand, und während die kleine Karawane sich in Bewegung setzte, blieb ich stehen und sah ihnen nach. Einen Augenblick darauf, nachdem sie wenige Schritte weiter gegangen waren, drehte Mundi sich um, Männchen machte es ihm nach, und ich gewahrte an den großen Augen, mit denen Beide zu mir zurückblickten, daß ihnen nachträglich das Staunen über den fremden Mann gekommen war, der so rasch mit ihnen Freundschaft geschlossen hatte. Sie machten wieder Kehrt und setzten ihren Weg fort, und so wie ich sie damals sah, mit kleinen Schritten den Damm entlang trippelnd, bald eine Frage an Gottlieb Bänsch richtend, bald ein paar Schritte laufend, bald wieder stehen bleibend, um dem höchst merkwürdigen Gebahren irgend eines Schmetterlings zuzusehen, so sind sie in meinem Gedächtniß geblieben, so sehe ich sie immer und immer noch, vor mir hergehend, immer weiter von mir fort, bis daß sie kleiner und kleiner werden, wie winzige leuchtende Pünktchen, einen langen, langen Weg, der in das Jenseits mündet. –

»Es dauerte nicht acht Tage, so wußte die ganze Stadt, welch'
niedliche kleine Mitbürger sie gewonnen hatte, und noch acht Tage
weiter, und das vierblättrige Kleeblatt war der Liebling der ganzen
Stadt. Die Frauen, die ihnen begegneten herzten und küßten sie, die
Männer erwiesen ihnen kleine Gefälligkeiten, indem sie ihnen den
verlorenen Ball suchen halfen, oder beim Steigenlassen von
Papierdrachen behilflich waren. Und alles dieses entwickelte sich
unter den Augen von Gottlieb Bänsch, der in sein Amt als Kinderfrau
immer mehr hineinwuchs und für dasselbe die mannigfachsten
Fähigkeiten, vor Allem die beste, ein gutes Herz, entwickelte.

»Er zeigte sich äußerst sinnreich in der Erfindung und Herstellung
von allen möglichen Spielsachen, schnitzte den Kindern Pfeifen aus
Holz und Kalmusblättern, machte ihnen Flitzbogen, Helme von
Goldpapier mit Quasten, ja dem Mundi verfertigte er aus einem alten
Lederriemen sogar ein Wehrgehänge und für dasselbe einen
hölzernen Säbel. Man konnte nichts Possirlicheres sehen, als wenn er
auf der Wiese drunten, wo die Kinder ihre Spiele trieben, mit
ernstester Miene diesen Beschäftigungen oblag, und die vier kleinen
Burschen mit staunenden Augen um ihn her standen, des
Augenblicks harrend, da die neue Herrlichkeit fertig sein und in ihre
Hände gelangen würde.

»Den schwarzen Hauptmann sah man bei diesen Spaziergängen
niemals mit seinen Kindern zusammen, und das schnell arbeitende
Gerücht war denn auch bald mit seinem Urtheile dahin fertig, daß er
sich aus ihnen nichts machte.

»Ich konnte schon damals nicht an die Richtigkeit dieser Behauptung
glauben; denn Kinder, die von ihrem Vater nicht geliebt werden,
sehen nicht so aus, wie diese, nicht so glücklich und nicht so wohl
gepflegt, sind nicht artig und zuthunlich gegen die Menschen, wie
diese es waren, tragen nicht so fein und sauber gearbeitete Kittelchen,
so prächtig sitzende Schuhe und Stiefelchen, wie diese sie trugen.
Ganz dieser Ansicht war auch Gottlieb Bänsch, der sich dahin
äußerte, daß der Herr Hauptmann ›den Kindern sehr jut wäre, er
könnte es man nich so von sich jeben.‹ Ich sollte bald Gelegenheit zu
tieferem Einblick in das Verhältniß zwischen Vater und Kindern
erhalten; denn als die Ferien gekommen waren, mit deren Schluß das
neue Schulsemester begann, klingelte es eines Tages an meiner Thür,
und als ich öffnete, stand der schwarze Hauptmann davor, Mundi

und Männchen an der rechten und linken Hand führend. Er begrüßte mich mit gemessener, aber freundlicher Höflichkeit, und während wir am Tische Platz nahmen, theilte er mir mit einer tiefen Baßstimme seinen Wunsch mit, ›seine beiden Jungen‹ in die Vorschule aufgenommen zu sehen.

»›Sie haben so früh ihre Mutter verloren,‹ sagte er, ›und ich habe nicht die genügende Zeit, mich so mit ihnen zu beschäftigen, wie ich möchte.‹

»Unterdessen hatten sich die beiden Knaben in dem Zimmer umgesehen und während der kleine Hermann träumerisch am Fenster lehnte und hinaus. blickte, studirte Edmund mit größtem Eifer die Titel der Bücher, die in meinem Repositorium aufgestellt waren.

»›Verstehst Du denn, was hier steht?« fragte ich, indem ich herantrat und ein Buch herabnahm. ›Lies mir das einmal,‹ und ich hielt ihm den Titel des Buches hin.

»›Daniel's Lehrbuch der Geographie,‹ las er, ohne zu stocken.

»›Weißt Du denn, was Geographie ist?‹ forschte ich weiter.

»› *Geographie* oder *Erdbeschreibung*‹ schnurrte das Bürschchen wie ein Uhrwerk herunter.

»›Sieh, sieh,‹ sagte ich lachend, ›Du bist ja schon ein ganz gelehrter kleiner Mann,‹ und mein Blick fiel auf den Hauptmann, dessen Augen auf dem Knaben ruhten. Ich wußte plötzlich, woran ich war; denn an der schweigenden Gluth dieser Augen erkannte ich, mit welch' leidenschaftlicher Gewalt die Seele des Mannes den Knaben umschlossen hielt. Das kleine Examen, das ich mit diesem angestellt, hatte den Vater offenbar viel tiefer erregt als den Knaben selbst; das nahm ich an dem beinahe unmerklichen Zittern seiner Nasenflügel und an dem Anfluge stolzen Lächelns wahr, das sein Gesicht umspielte, indem er jetzt den Knaben an sich zog und die Hand auf seinen blonden Kopf legte.

»›Was willst Du denn einmal werden?‹ fragte ich den Kleinen.

»›Ein Professor,‹ antwortete er, und das Wort kam wie aus der Pistole geschossen.

»›Das hat er sich einmal in den Kopf gesetzt,‹ sagte der Hauptmann, und diesmal lächelte er wirklich – es war ein glückliches Lächeln, welch' ein Gebäude stolzer Hoffnungen mochte vor seiner Seele aufsteigen, während er so auf sein kluges aufgewecktes Kind herabschaute.

»›Nun Du da, komm' Du auch einmal heran,‹ wandte er sich jetzt an Männchen, der noch immer am Fenster stand. Das Kind trat heran und schaute den Vater mit seinen sanften Augen treuherzig an – ich habe nie einen weicheren Blick in Kindesaugen gesehen. –

»›Was soll denn aus Dir einmal werden?‹ fragte der Hauptmann, und der Ton seiner Stimme klang etwas barscher.

»Männchen sah den Bruder an.

»›Auch ein Professor,‹ sagte er mit seiner dünnen kleinen Stimme.

»Mundi lachte hell auf, und der Hauptmann strich mit der Hand wie mit einer Bürste über das Haar des Kleinen. ›Du würdest einen schönen Professor abgeben,‹ sagte er.

»Ich weiß nicht, wie es kam, aber ich fühlte ein Bedürfniß, für das Kind einzutreten; in der Art, wie der Hauptmann mit ihm sprach und verkehrte, lag etwas Geringschätziges, was mich verdroß und in der Seele des harmlosen Geschöpfes kränkte, das mit einem so sanft vertrauenden Blick zum Vater emporschaute, als könnte von da nur Gerechtigkeit, Liebe und Güte kommen.

»›Gewiß,‹ sagte ich beschwichtigend, ›wenn Männchen fleißig ist, wird er Alles lernen, was Mundi gelernt hat, und dann kann er auch einmal Professor werden.‹

»›Mundi kann auch schon schreiben,‹ sagte der Kleine, indem er voller Bewunderung zu dem älteren Bruder hinübersah, der vor Vergnügen und Stolz erröthete und wie eine frische Rose am Stocke aussah.

»Die Augen des Hauptmanns gingen wieder zu seinem Aeltesten zurück und blieben an ihm hängen – ich sah wohl, daß der Andere gegen ihn nicht aufkommen würde.

»Beide Knaben traten nun in die Vorschule ein; Mundi kam in die oberste Klasse und ging vorwärts wie ein junges, feuriges Füllen, Männchen kam in die Klasse darunter und war ebenso fleißig, aber freilich nicht so begabt wie der Bruder, welcher in der That sich als ein Kind von seltener Befähigung zeigte, pünktlich mit dem Glockenschlage rückten sie des Morgens zur Schule an, und wenn die Schule zu Ende war, dann sah man am Ausgangsthore Mundi stehen, der auf Männchen, oder Männchen, der auf Mundi wartete, und Hand in Hand pendelten sie dann nach Hause, ein liebliches Bild brüderlicher Eintracht und Liebe.

»Das ging so eine Zeit fort, es wurde Winter; an die Stelle der leichten Sommerkittelchen traten dicke, warme Ueberzieher, die kleinen Beine trotteten in Kanonenstiefelchen den Weg zur Schule und die blonden Köpfchen waren mit Pelzkappen bedeckt, unter denen die kleinen Gesichter roth und frisch wie Borsdorfer Aepfel hervorschauten. Den kalten Winter löste ein warmes Frühjahr ab, und nach diesem kam ein glühend heißer, trockener Sommer. Zum ersten Male geschah es in dieser Zeit, daß Mundi während des Unterrichts unaufmerksam und theilnahmlos war. Ich sah den Knaben an und bemerkte in seinen Augen einen Ausdruck, den ich noch nie darin gesehen; sie waren müde und wie mit einem Schleier überzogen.

»›Fehlt Dir etwas?‹ fragte ich, indem ich ihn unter dem Kinn faßte und ihm ins Gesicht sah. Die Haut war trocken und heiß. ›Thut Dir etwas weh?‹ Er nickte leise. ›Wo thut es weh?‹ fragte ich. ›Im Kopf,‹ erwiderte er. – ›Geh' an den Brunnen hinunter,‹ sagte ich, ›trink' ein Glas frisch Wasser und dann komm wieder.‹

»Das Kind erhob sich, ging hinaus und kam nicht zurück. Ich trat an das Fenster und sah ihn auf einer Bank des Hofes sitzen, den Kopf an die Mauer des Hauses zurückgelehnt. Eine plötzliche Unruhe überkam mich; ich rief Männchen aus seiner Klassenstube.

»›Dein Brüderchen ist unwohl geworden,‹ sagte ich zu ihm, ›lauf' nach Hause und sage Gottlieb Bänsch, er solle ihn holen kommen.‹

»Als Männchen den Bruder so kläglich auf der Bank sitzen sah, stürzte er auf ihn zu, ihn zu umarmen. Mundi erwiderte die Liebkosung nicht, und der Kleine blieb einen Augenblick ganz rathlos stehen, indem er die Arme herabhängen ließ.

»›Lauf' nur,‹ sagte ich, ›lauf'‹; und er schoß mit Windeseile davon.

»Eine Viertelstunde später erschien nicht Gottlieb Bänsch, wohl aber der Hauptmann selbst, und ich werde den Ausdruck angstvoller

Besorgtheit nie vergessen, mit dem er auf den Knaben zueilte. Er hob das Kind von der Bank, riß es an seine Brust und trug es an die Droschke, die er mitgebracht hatte, und welche vor dem Chore wartete. Der Knabe ließ Alles theilnahmslos mit sich geschehen. Männchen war mit vor die Thür getreten und blieb ganz traurig stehen, während das Gefährt davonrasselte; der Vater hatte nur für Mundi Blicke und Gedanken gehabt.

»Und heute zum ersten Male ging Männchen einsam von der Schule nach Haus. –

»Am nächsten Tage kam Mundi nicht mehr zur Schule, und als ich den kleinen Bruder, der stumm, verstört auf seinem Platze saß, nach ihm befrug, erfuhr ich, daß er zu Bett läge, und als ich am Nachmittage Gottlieb Bänsch mit den anderen Kindern begegnete, theilte mir derselbe mit – und sein Gesicht war voll Kummer und Sorge – daß der Arzt gemeint hätte, es könnte ›janz schlimm‹ werden, und der Herr Hauptmann hätte die ganze Nacht bei ihm gesessen, und ginge gar nicht weg von dem Bette des Kindes. Der Arzt hatte recht vermuthet, und Gottlieb Bänsch recht gehört, es wurde schlimm.« – Wieder machte der alte Rektor eine lange Pause; dann erschien auf seinem Antlitz ein bitteres, zorniges Lächeln. »Die Alten,« sagte er, »hatten es bequemer als wir; wenn ein brutaler Streich des Schicksals ihnen ein theures Gut entriß, dann hieß es einfach: Die Götter sind neidisch geworden – wir Christen sollen unserem Gotte Alles zum Besten auslegen, wenn wir ihn auch manchmal gar nicht verstehen; nein gar nicht, wirklich gar nicht!«

Er hatte den Hut vom Kopfe gerissen und schlenkerte ihn hin und her, und der Schmerz, den ihm die Erinnerung bereitete, schien heiß und gewaltig zu sein wie an dem Tage, als alles das geschah, was er mir heute nach Jahren erzählte. »Denn wie soll man es begreifen,« fuhr er fort, »und warum mußte es sein, daß plötzlich in all' diese blühende Kinderherrlichkeit, die nur da war zu der Menschen Glück und Freude, plötzlich das verderben einbrechen durfte, das verderben in seiner grauenhaftesten Gestalt, in Gestalt jenes Ungethüms mit glasigen Augen, brandgerötheten Wangen –«

Er brach im Satze ab, da er meinen erstaunten Blick gewahrte. »Ich merke,« sagte er, »daß ich zu phantasiren beginne, anstatt zu erzählen; das was ich meine, war das Scharlachfieber.

»Woher es plötzlich gekommen war, da in der ganzen übrigen Stadt kein Fall der Krankheit sich gezeigt hatte, ob die Kinder den schnellen Wechsel der Temperatur nicht vertragen konnten – alle diese Fragen blieben ungelöst vor der furchtbar gewissen Thatsache stehen: es war da. Wie ein Dieb in der Nacht war es in das Haus des unglücklichen Hauptmanns eingebrochen und hatte sich mit teuflischer Gewalt auf den kleinen Edmund geworfen. Vierundzwanzig Stunden hatte das arme Kind bereits ohne Besinnung in Fieberdelirien geschmachtet, als auch der kleine Moritz und der Georg sich niederlegten, und nachdem Männchen, blaß wie ein Schatten, noch an drei Tagen zur Schule gekommen war, blieb am vierten Tage auch er aus. Die Krankheit hatte auch ihn ergriffen. Und dann kam ein Tag – die Menschen hielten einander auf der Straße an, flüsterten sich etwas zu, leise und heimlich, als schwebte in den Lüften über ihrem Haupte eine furchtbare, tyrannische Macht, die man nicht wecken dürfte durch lautes Sprechen, die Frauen schlugen die Hände zusammen und die Männer schüttelten den Kopf, und man schaute hinüber zu den verhangenen Fenstern an des Hauptmanns Hause, mit dem scheuen Blick, mit dem man auf ein namenloses Unglück, auf einen von Gott geschlagenen Menschen sieht.

»Alle Viere todt?« hörte ich, als ich den Damm entlang ging, eine Frau neben mir fragen.

»›Dreie,‹ war die Antwort, »und das Vierte liegt im Sterben.«

»Als ich das vernahm, mußte ich mich an einen Baum lehnen, denn ich fühlte, wie mir das Blut in den Adern stockte, und während ich so mit zitternden Knieen stand, erlebte ich eine schreckliche Sinnestäuschung: ich sah, wie das Laub der Bäume, das Gras auf den Wiesen, Alles was grün im Bereiche meiner Augen war, sich in rostiges, trockenes Gelb verwandelte, nicht in das warme Gelb des Herbstes, sondern in das todte Gelb der Wüste.«

Der Rektor wandte sich zu mir: »Glauben Sie nicht,« sagte er, »daß ich Ihnen hier Phantasterei erzähle; ich war meiner Sinne Meister wie in diesem Augenblick, und darum eben war es so entsetzlich. Ich fühlte nur ein einziges, dumpfesBedürfniß: Näheres, Genaueres zu erfahren, und deshalb ging ich hinüber in das Haus des Verderbens. Aus ihrer Kellerwohnung blickte, als sich mir die Hausthür öffnete, die Portiers-Frau mit Augen, die roth und gedunsen waren, und als sie meiner ansichtig wurde, setzte sie sich auf den Stufen der Treppe nieder, drückte die Schürze ans Gesicht und brach von Neuem in lautes, klagendes Weinen aus. »Gehen Sie nicht ›rauf,‹ sagte sie, ›es ist zu schrecklich; Gott hat seine kleinen Engel zu lieb gehabt und hat sie wieder bei sich haben wollen.‹ Ich hörte ihr zu, ohne einen Laut von mir zu geben; nur der kleine Hermann war noch nicht dahingerafft, aber auch für sein Leben hegte der Arzt die schwersten Besorgnisse.

»Wie zerschlagen wandte ich mich zurück und verließ das Haus. ›Gott hat seine Engel zu lieb gehabt‹ – wie ein Echo des tödtlichen Ereignisses klangen diese Worte in meinem Innern nach.

»Lassen Sie mich hinweggehen über den Tag, da wir sie zu Grabe trugen, und da eine unermeßliche Schaar freiwillig Leidtragender sich dem trostlosen Zuge anschloß. Blumen ohne Zahl bedeckten den Hügel, unter dem sie gemeinschaftlichgebettet wurden, ein dichter Hollunderbusch streckte seine Zweige darüber her.

»Zum ersten Male seit dem Beginn dieser Ereignisse sah ich an dem Tage den Hauptmann wieder. In seinem Antlitz zuckte keine Miene; aus seinen Augen floß keine Thräne; aber der Ausdruck seiner Züge war derartig, daß Niemand ihm ein Wort zu sagen wagte. Als ich mich trotzdem zu ihm herandrängte und seine Hand ergriff, sah er mich einen Augenblick starr an, dann begannen seine Augen zu rollen, daß ich das Weiße darin sah, und mit einer jähen, beinah wilden Bewegung riß er seine Hand aus der meinigen und wandte sich von mir ab.

»Anders war es mit Gottlieb Bänsch. Ich hatte ihn anfänglich nicht bemerkt, weil er ganz im Hintergrunde stehen geblieben war; als ich ihn jetzt entdeckte, sah ich ihn, den Helm in der Hand, mit dem Rücken gegen das Grab und die Versammelten gewendet, lautlos vor sich hin weinen, daß ihm die Thränen an der Nase entlang liefen.

»Der Eindruck, welchen der plötzliche Tod der Kinder hervorgebracht hatte, war ein so dumpf betäubender, daß zuerst Niemand daran dachte, daß eins derselben noch am Leben war. Ich gestehe, daß auch ich das arme Kind vollständig vergaß, und als ich mich dann nach ihm erkundigte, geschah es in der schweigenden Voraussetzung, daß ich seinen bereits erfolgten oder doch nahe bevorstehenden Tod erfahren würde. Das Gegentheil war der Fall: der kleine Hermann hatte die Krankheit überwunden, er erholte sich.

»Es war einige Wochen später, als ich ihm zum ersten Male wieder an der Hand von Gottlieb Bänsch begegnete. Hängenden Hauptes, schwankenden Ganges kam er daher, als wenn ihm das Gehen noch Mühe machte; die Thränen traten mir in die Augen. ›Guten Tag, Männchen,‹ sagte ich, indem ich vor ihm stehen blieb und ihm die Hand bot.

»Das Kind hob die Augen zu mir empor; sie waren noch größer geworden als früher und blickten aus einem abgemagerten, blassen kleinen Gesicht hervor. Es war ein kläglicher Anblick. ›Kennst Du mich denn nicht mehr?‹ fragte ich, als er keine Anstalt machte, meine Hand zu ergreifen und als ich seine Augen mit einem Ausdruck auf mich gerichtet sah, als erblickte er mich zum ersten Mal.

»Der Knabe drängte sich lautlos an den Soldaten, scheu und ängstlich, als wenn er sich hinter dessen Rock verstecken wollte.

»Gottlieb Bänsch legte seine große Hand auf des Knaben Kopf und klopfte ihn leise. ›Fürchte Dir doch nich,‹ sagte er begütigend, ›er is ja jut zu Dir.‹

»Sein Zureden half nichts, und mit trübem Kopfschütteln blickte Gottlieb Bänsch auf den Kleinen nieder.

»›Er ist wohl noch nicht ganz wieder hergestellt?‹ fragte ich.

»›Jesund is er schon,‹ erwiderte der Bursche, ›aber –‹ er vollendete den Satz nicht und nickte langsam vor sich hin. Ich sah, wie er sich grämte und es schien mir, als ob er noch etwas zu sagen hätte, was er sich nicht zu sagen getraute.

»›Wirst Du denn nun bald wieder zu uns in die Schule kommen?‹ wandte ich mich noch einmal an Männchen.

»›Das wäre schon das Beste,‹ erwiderte Gottlieb Bänsch für ihn; ›denn sehen Sie,‹ und er sprach leiser, als wollte er von dem Kinde nicht verstanden sein – ›meine Zeit is nu nächstens um, ick jehe nach Hause, und ick weiß doch jar nich, was denn mit dem Kinde werden soll.‹ »Ich sah ihn erstaunt an. ›Was soll denn werden?‹ meinte ich, ›er bleibt bei seinem Vater?‹

»Gottlieb Bänsch nickte wieder gedankenvoll wie vorhin. ›Da, lauf' mal zu den Sandhaufen,‹ sagte er zu Männchen, indem er ihm eine kleine Karre und einen Holzspaten in die Hand gab, die er für das

Kind mitgebracht hatte, ›schippe ein bisken Sand, ick werde jleich nachkommen.‹

»Der Kleine befolgte die Weisung und karrte vom Damm herab dem Sandhaufen zu, wo ich ihn früher so manchesmal in harmlosem Spiele mit seinen Brüdern gesehen hatte.

»Als er sich entfernt hatte, wandte Gottlieb Bänsch sich wieder zu mir. ›Der Hauptmann,‹ sagte er, ›was das mit dem jetzt is – man weiß jar nich, was man dazu sagen soll. Den janzen Tag jeht er 'rum und redet kein Wort; und das Kind da, sehen Sie, das is, als wenn's jar nich da wäre für ihn.‹

»Ich dachte an den Vorgang, der sich in meiner Wohnung abgespielt hatte. ›Ich glaube,‹ sagte ich, ›daß er den ältesten Knaben am liebsten hatte?‹

»›Ach Jott,‹ entgegnete der Bursche, ›ich jlobe, die Andren hätten alle miteinander sterben können, wenn er man bloß den Aeltesten behalten hätte.‹ Er blickte zu Männchen herab, der sich mit seiner Karre beschäftigte. ›Es is ja wahr,‹ sagte er, ›der andere, das war ja ein Staatsjunge; aber was kann denn das arme Wurm dafür, daß es alleene übrig geblieben is.‹

»Er ging dem Knaben nach, und sicherlich ahnte er nicht, welch' schauerlichen Eindruck seine einfachen Worte auf mich gemacht hatten. –

»Wir befanden uns am Ausgange des Sommers; es kam der Herbst, und mit ihm die Entlassung der Reservisten. Zu diesen gehörte Gottlieb Bänsch, dessen dreijährige Dienstzeit abgelaufen war. Ich brauche Ihnen das Bild nicht zu beschreiben, das die Stadt zu solcher Zeit bietet: der Soldat freut sich der wieder erlangten Freiheit und sucht seinem Freiheitsbewußtsein entsprechenden Ausdruck zu verleihen. Einzeln und in Gruppen sieht man sie durch die Straßen ziehen, Infanteristen, Kavalleristen und Artilleristen, in dem alten Uniformsrock, den sie in die Heimath mitnehmen, die Mütze, die bisher vorschriftsmäßig gerade gesessen, keck auf's Ohr gerückt, ohne Seitengewehr, aber dafür mit Stöcken ausgerüstet. Dieses Wahrzeichen des bürgerlichen Lebens, in welches sie nun wieder eintreten, gehört wie ein unumgängliches Attribut zum Preußischen Reservisten; mit allem Stolze, den der Gedanke verleiht, daß man jetzt thun und tragen darf, was bis dahin verpönt gewesen wäre, wird der Stock gehandhabt, und an seiner verschiedenartigen Form erkennt man noch die Charaktereigenschaften der verschiedenen Waffengattungen. Der Stock des Kavalleristen ist der eleganteste und dünnste, der des Infanteristen stärker und dicker, die derbsten Knüppel führen die Artilleristen. Mit einem Stocke dieser Art erschien Gottlieb Bänsch am Tage, da er entlassen ward.

»Es geschah an einem umwölkten Septembernachmittage, und ich befand mich auf dem Bahnhofe, wo ich einem abreisenden Freunde Lebewohl gesagt hatte, als ich Gottlieb Bänsch des Weges daher kommen sah.

»Schaaren von anderen Reservisten, die zugleich mit ihm in die gemeinsame Heimath befördert werden sollten, zogen lärmend, jauchzend und singend vor und hinter ihm die Straße entlang; er ging abgesondert von ihnen, ganz still und ganz ernst. In seiner Rechten trug er seine geringen Habseligkeiten, in einem rothbaumwollenen Taschentuche zusammengebündelt, zu seiner Linken lief Männchen.

»Ob der Knabe wußte, daß er Gottlieb Bänsch heute zum letzten Male begleitete? Der Bursche hatte ihm seinen großen, dicken Stock anvertraut, und das Kind benutzte ihn als Steckenpferd, indem es mit den kleinen Händen den gebogenen Griff desselben umfaßte und neben dem Soldaten einherritt. Auf dem Eisenbahnperron angelangt, nahm Gottlieb Bänsch den Knaben etwas zur Seite, und während er den bereit stehenden Zug mit sinnenden Blicken musterte, blickte Männchen zu ihm empor, in schweigendem Staunen, als nähme er eine Veränderung an ihm wahr. Ich stand dicht hinter Beiden. Gottlieb Bänsch neigte sich zu dem Kinde nieder und klopfte es leise auf die Bäckchen, indem er ihm vorsichtig den Stock aus den Händen nahm.

»›Siehst Du,‹ sagte er, indem er auf den Eisenbahnzug hindeutete, ›da steig ick nu ein und fahre nach Hause, und hier hab' ick Dir noch was Hübsches mitgebracht,‹ Aus seiner Rocktasche zog er eine kleine Holzflöte, die er dem Kinde einhändigte; offenbar hatte er sie von seinen mageren Ersparnissen gekauft.

»Männchen nahm das Geschenk in Empfang, ohne die Augen von Gottlieb Bänsch zu verwenden. Ich trat hinzu. ›Wollen Sie nicht eine Cigarre nehmen?‹ wandte ich mich an den Burschen, und hielt ihm meine Cigarrentasche hin.

»›Danke ooch schön,‹ versetzte er, indem er mit seinen dicken Fingern in die Tasche griff und eine Cigarre herausnahm.

»›Nehmen Sie doch mehr,‹ sagte ich, und ich schüttete den ganzen Inhalt der Tasche in seine Hand.

»›Ick danke, ick danke,‹ erwiderte er, indem er verlegen schmunzelte und die Cigarren zwischen die Knöpfe seines Uniformrockes schob. Ich bot ihm die Hand zum Abschiede und er drückte sie, indem er seine Mütze rückte, wie hart war diese Hand, wie ungeschlacht diese Finger, und wie weich war sein Herz, wie zartfühlend und gut!

»›Wenn Sie doch so jut sein wollten,‹ wandte er sich leise an mich, ›und das Kind nachher von dem Bahnhof mitnehmen; er hat partout mitlaufen wollen, und ick hab's doch nich über's Herz bringen können, ihn zu Hause zu lassen.‹ Ich nickte ihm schweigend meine Zusage.

»Die Glocke mahnte zum Aufbruche, und als Gottlieb Bänsch sich zum Einsteigen in Bewegung setzte, hing Männchen sich mit beiden Händen an seine Hand.

»Der Bursche machte sich sanft von ihm los, als er aber das Coupé erstiegen hatte, setzte der Knabe den Fuß auf das Trittbrett und streckte die Arme nach ihm aus. ›Mitfahren, auch mitfahren!‹ rief er, indem er angstvoll zu Gottlieb Bänsch emporschaute.

»Die anderen Soldaten, die im Coupé saßen, fingen an zu lachen. ›Kiek' mal den kleenen Reservisten,‹ hieß es, ›der will och mit.‹

»Gottlieb Bänsch aber kam noch einmal herabgeklettert, legte seine beiden großen Hände um des Kindes Gesicht, so daß es ganz darin verschwand; er beugte sich tief zu dem Knaben herab, klopfte ihm leise auf den Rücken und wollte lachen – plötzlich aber liefen ihm die Thränen über die Backen herunter. ›Es jeht ja nich, Männeken,‹ sagte er schluchzend, ›es jeht ja nich,‹ dann riß er sich los und sprang mit einem Satze in das Coupé zurück, dessen Thür hinter ihm zuschlug. Der Eisenbahnzug setzte sich in Bewegung und rollte unter einem donnernden ›Hurrah‹ der Reservisten aus der Halle des Bahnhofes hinaus.

»Verloren unter der Menschenmenge, welche sich auf dem Eisenbahnperron drängte, blieb das Kind stehen und blickte wie betäubt dem Zuge nach, der sich schneller und schneller entfernte;

die Holzflöte, die ihm Gottlieb Bänsch geschenkt hatte, umklammerte es mechanisch mit seiner kleinen Hand. Ich hielt mich in seiner Nähe, und der Anblick des einsamen Kindes schnürte mir das Herz zu. ›Na, Männchen,‹ sagte ich, indem ich herantrat und seine herabhängende Hand in die meinige nahm, ›gieb mir die Hand, wir wollen nach Haus gehen.‹

»Der Knabe hob das blasse Gesichtchen zu mir empor. ›Kommt er bald wieder?‹ fragte er. Der Bursche hatte ihm verschwiegen, oder das Kind hatte nicht verstanden, daß der Abschied für immer sei, und auch mir versagte der Muth, ihm völlige Aufklärung zu geben.

»›Komm nur,‹ sagte ich, ›sei ein artiges Kind, dann wird schon Alles gut werden.‹

»Meine Aufforderung war überflüssig, denn es hat nie ein gefügigeres kleines Geschöpf gegeben, als dieses arme Kind. Er ließ seine kalte, kleine Hand in der meinigen, und so wie er mit Gottlieb Bänsch zum Bahnhofe gekommen war, ging er nun an meiner Seite davon. Unterwegs überlegte ich, was ich mit ihm machen sollte; ich mußte ihn zu seinem Vater zurückbringen, das war mir klar; unwillkürlich jedoch überkam mich bei dem Gedanken ein gewisses unheimliches Gefühl.

Wir kamen bei einem Zuckerbäcker vorbei, und ich trat ein, um eine Düte voll unschuldiger Näscherei für ihn zu kaufen; ich empfand ein Bedürfniß, das gramvolle kleine Herz mit Trost und Licht zu erfüllen.

Ich hielt ihm die geöffnete Düte vor die Augen. »Sieh' mal die schönen Bonbons,« sagte ich, »wollen wir ein paar davon essen?«

Der Knabe blickte schweigend in die Düte und hob keinen Finger; ich mußte ihm selbst ein Zuckerplätzchen in den Mund stecken.

So unscheinbar dieser Vorgang war, so machte er dennoch einen tiefen Eindruck auf mich: bisher waren mir Kinderthränen wie ein Gewitterregen erschienen, der rasch niederfällt und rasch verdampft – hier sah ich ein Kind, das nicht weinte und bei dem der Trost, mit dem man die Schmerzen des Kindes so leicht zum Schweigen bringt, nichts fruchtete. Ich konnte mich nicht entschließen, ihn jetzt schon zu seinem Vater zurückzubringen; ich nahm ihn nach meiner Wohnung mit und ließ ihm eine Tasse Milch vorsetzen. Bis daß sie gebracht wurde, zeigte ich ihm die Bilder in meiner Stube, die Bücher, und versuchte ihn durch Neckereien zur Heiterkeit zu bewegen. Er sah und hörte lautlos zu. Dann setzte ich ihn auf das Sopha, und wie ein kleiner Vogel nippte er den Inhalt der Schale, die ich vor ihn gestellt hatte, mit kleinen langsamen Schlucken aus. Mittlerweile aber wurde es dunkel, und ich mußte ernstlich daran denken, ihn nach Hause zu schaffen. ›Komm, Männchen,‹ sagte ich, ›mach' Dich fertig, nun wollen wir zum Papa nach Hause gehen.‹

»Gehorsam rutschte er vom Sopha herunter; er griff nach seinem kleinen Hute, dann blieb er mitten in dem Zimmer stehen.

»Nun?« sagte ich, indem ich an die Thür trat, um sie zu öffnen. Als ich jedoch die Klinke berührte, fing das Kind, das bis dahin ohne Thränen, ohne Laut gewesen war, plötzlich an kläglich zu weinen. Es hob nicht das Haupt, es regte kein Glied; wie in sich zusammengesunken stand es da und weinte – weinte –«

Dem Rektor brach die Stimme ab, seine Brust arbeitete schwer, und er strich mit der flachen Hand zweimal und dreimal über beide Augen.

»Seit jener Stunde,« fuhr er fort, »kann ich nicht mehr vorübergehen, wenn ich ein Kind weinen sehe – denn in jener Stunde erfuhr ich, wie Kinder weinen können, und daß ihre Thränen schrecklich sein können, schrecklicher als die aller Erwachsenen.

»Ich ließ die Thür fahren und war mit einem Schritte neben ihm. ›Männchen? –‹ sagte ich.

»Und nun schlang der Knabe beide Arme um mich her, indem er sich mit den Händen an den Falten meines Rockes festklammerte, und während ein Schluchzen seine Brust erschütterte, das ihm, so schien es, das Herz sprengen wollte, drückte er sein Gesicht an mich, als ob er sich zu verstecken strebte. ›Ich fürchte mich so,‹ rief er, ›ich fürchte mich so.‹

»Wie ein eisiger Schauer drangen mir diese Worte ins Herz, wie ein jäher, furchtbarer Schreck. Ich wagte nicht zu fragen, was es sei, wer es sei, vor dem er sich fürchtete; ich wagte nicht, ihm Trost zuzusprechen, denn ich ahnte, daß der Naturlaut der Verzweiflung, der aus dieser Kindesseele hervorbrach, aller meiner Weisheit unendlich überlegen und viel, viel klüger war als alle meine Vernunftgründe.

»Ich setzte mich auf einen Stuhl und hob das Kind auf meinen Schoß; ich nahm seine beiden kleinen, eiskalten Hände in meine Hand und lehnte sein von Thränen überfluthetes Gesicht an meine Brust; und so saß ich mit ihm in dem dämmernden Raume, lange, lange Zeit, und die Stille um uns her ward nur von dem Schlucken und Schluchzen des Knaben unterbrochen, welches allmählich leiser zu werden und zu verhallen begann. Ich sprach kein Wort, ich drückte die gebrechliche kleine Gestalt an mich, und so leicht ihr Gewicht auf meinen Knieen ruhte, so hatte ich doch ein Gefühl, als hielte ich die ganze unermeßliche Last des menschlichen Jammers und Leides, verkörpert in diesem Kinde, auf meinem Schoße.

»In jener Stunde lernte ich meinen Beruf, Kinder zu leiten und zu erziehen, zum ersten Male in all' seiner Größe und Heiligkeit erkennen. Ich hatte ihn zu kennen geglaubt, weil ich gelernt hatte, was man äußerlich dazu eben gelernt haben muß; jetzt, im Angesichte dieses Kindes, dessen Seele nach Liebe schrie und dem die Welt zur Einöde ward, weil es keine Liebe fand, erfuhr ich, daß ich im Dunkeln getappt hatte und daß die ganze Weisheit meines Amtes sich in das eine Wort zusammenfaßt: ›gebt dem Kinde Liebe.'

»Endlich, als der erste, heftigste Anfall der Verzweiflung sich gemäßigt und der Knabe zu weinen aufgehört hatte, setzte ich ihn vorsichtig von meinem Schoße herab und stellte ihn auf die Füße. Ich strich ihm das blonde Haar glatt, setzte ihm den Hut auf und ohne weiter etwas zu sagen, faßte ich ihn an der Hand. Geduldig wie immer, überließ er sie mir, und ohne fürderen Widerstand zu leisten, ging er neben mir her durch die dunkelnden Straßen der Stadt, dem Hause seines Vaters zu.

»Der Hauptmann saß, als wir bei ihm eintraten, an seinem Schreibtisch, das Haupt in die aufgestützte Hand gesenkt; die Lampe stand neben ihm und ließ sein hageres Profil scharf aus der schwarzen Umrahmung von Bart und Haar hervortreten. Ein Buch lag aufgeschlagen vor ihm, seine Augen aber gingen über dasselbe hinweg und hafteten an einem Bilde, das über dem Tische an der Wand hing; ich erkannte es nach der Beschreibung, es war das Bild seiner Frau, seine Gedanken schienen ernst und schwer zu sein, und sein Blick war so starr, daß, als er das Haupt nach der klappenden Thür wandte, es so aussah, als müßte er ein Wand durchreißen, das von jenem Bilde ausging und seine Augen daran gefesselt hielt.

»Als er mich erkannte, stand er auf und begrüßte mich, ich sah den erstaunten Blick, mit dem er den Knaben an meiner Seite musterte. ›Wo kommst denn Du her? so spät?‹ fragte er, indem er auf den Kleinen niederblickte.

»Der Knabe gab keinen Laut von sich. Ich erklärte ihm, wohin derselbe gegangen war, und daß ich ihn auf dem Bahnhofe getroffen und mit mir genommen hätte.

»Der Hauptmann nickte schweigend mit dem Kopfe.

»›Ich bin Ihnen dankbar,‹ sagte er dann, ›bitte, nehmen Sie doch Platz.‹ Während ich mich setzte, ließ er sich wieder vor dem Schreibtische nieder.

»›Komm her,‹ wandte er sich an Männchen, der an der Stelle stehen geblieben war, wo er neben mir gestanden hatte. Das Kind warf einen scheuen Blick auf den Vater, that einen halben Schritt auf ihn zu und blieb wieder stehen.

»›So komm doch, ich thue Dir ja nichts,‹ sagte der Hauptmann ungeduldig. Er streckte den Arm aus und zog den Knaben an sich, so daß derselbe zwischen seinen Knieen zu stehen kam.

»›Bist Du hungrig? willst Du Abendbrot essen?‹ fragte der Hauptmann, indem er dem Kinde über die Haare strich. Männchen schüttelte schweigend den Kopf, dann verzog er das Gesicht, als ob er zu weinen anfangen wollte.

»›Du sollst ja nicht immer weinen,‹ sagte der Vater; das Kind fuhr zusammen, schluckte die Thränen hinunter und stand, ohne den Vater anzusehen, starr und regungslos da; sein kleines Gesicht war leichenblaß, plötzlich bog der Hauptmann sich herab und mit einer beinahe wilden Bewegung riß er den Knaben auf seinen Schoß, an seine Brust. Mit beiden Armen hielt er ihn umschlungen, sein Gesicht neigte sich so tief zu ihm nieder, daß sein schwarzer Bart wie eine dunkle Wolke über dem Antlitz des Kindes lag, und so gewaltsam preßte er den Knaben an sich, daß derselbe wie erstickt an seiner Brust lag. »Alles dies geschah in tiefem, lautlosem Schweigen; des Knaben Haupt war hinten über gesunken, er hatte die Augen geschlossen und sah einen Augenblick aus, als wäre er todt; auch der Hauptmann sprach kein Wort, nur ein dumpfes Stöhnen rang sich aus seiner Brust hervor, und indem er den Knaben wie eine Puppe handhabte, sah es aus, als würde er vom Krampfe der Verzweiflung regiert. Endlich ließ er sein Haupt tief, bis auf die Brust des Kindes niedersinken und verharrte eine Zeit lang in dumpfer Apathie.

»Der ganze Vorgang war herzzerreißend und schaurig zugleich. Die Worte fielen mir ein, die Gottlieb Bänsch gesagt hatte: ›er ist den Kindern sehr gut, er kann es nur nicht so von sich geben‹ – und ich staunte von Neuem über die Fähigkeit des Volkes, welches mit seinen schlichten Ausdrücken Dinge beim Namen trifft, die wir mit unserer geschulten und gebildeten Sprache vergeblich zu bezeichnen streben. Er konnte seine Liebe nicht von sich geben; wie ein unterirdischer Strom arbeitete sein Gefühl sich stumm und wühlend in sein Inneres hinein, und wenn es einmal aus ihm hervorbrach, dann geschah es mit so rasend leidenschaftlicher Gewalt, daß es den Gegenstand, den es umfaßte, mit Vernichtung bedrohte. Der Hauptmann erhob den Kopf, reckte sich auf, und mit derselben Heftigkeit, mit der er vorhin den Knaben an sich gerissen hatte, setzte er ihn jetzt wieder auf den Boden. ›Geh' zu Bette,‹ sagte er.

»Der Knabe stand mitten im Zimmer, als wenn er von dem Erlebten nicht zu sich kommen könnte; ich erhob mich, trat zu ihm und als ich ihn berührte, fühlte ich, wie er am ganzen Leibe zitterte. ›Schlaf' wohl, Männchen,‹ sagte ich, ›nun kommst Du wieder zu uns in die Schule, und ich zeige Dir schöne Bilder und Bücher.‹ Das Kind sah mich mit weit offenen, angsterfüllten Augen sprachlos an.

Der Hauptmann klingelte, und als der Bursche über die Schwelle trat, zuckte der Kleine auf und lief ihm entgegen. – Aber es war nicht mehr Gottlieb Bänsch, und der Blick, mit dem das Kind zu dem fremden Gesicht empor sah – ich werde ihn nie vergessen, denn er war jammervoll kläglich in seiner hilflosen Noth.

»Als er hinausgegangen war, wandte ich mich an den Hauptmann. ›Ich glaube,‹ sagte ich, ›daß das Kind noch angegriffen von der überstandenen Krankheit ist, und daß es sich empfehlen würde, ihm heftige Gemüthsbewegungen zu ersparen.‹

»Der Hauptmann hielt den Blick zur Erde gesenkt, dann sprang er auf, indem er den Stuhl mit einem Ruck zurückstieß. Mit weit ausholenden Schritten durchmaß er das Zimmer von einem zum anderen Ende, hin und her und immer wieder hin und her, dann blieb er stehen, ich sah in seine rollenden Augen, und wie an jenem Tage, da man die Kinder begrub, sah ich nur das Weiße darin.

»Er schwang die geballten Fäuste zum Himmel. ›Wenn er einmal ein Henker sein will,‹ sagte er mit einer vor Wuth und Verzweiflung ächzenden Stimme, ›Warum treibt er sein Handwerk dann so stümperhaft? Warum mußte er mir den einen lassen? Warum nicht Alle nehmen? Alle miteinander? Es wäre mir lieber gewesen! ja, wahrhaftig, ja! dann wäre es aus gewesen und ich hätte mich todtschießen und mit meinen Jungen zusammen einscharren lassen können!‹

»Ich vermochte kein Wort zu erwidern, auch schien er es nicht zu erwarten. Er warf sich wieder auf den Stuhl vor dem Schreibtische, ergriff ein Bild, welches dort vor ihm auf dem Tische in braunem Rahmen stand, und hielt es mit beiden Händen vor sich hin. Es war ein Knabenporträt, das Bild des kleinen Edmund. Mit stieren Blicken hing er an den Zügen des geliebten Gesichts, dann legte er das Bild auf den Tisch, seine Arme breiteten sich darüber hin, sein Antlitz sank in die Arme, so daß der Mund über dem Bilde zu liegen kam, und indem ich sah, wie ein furchtbares Schluchzen seinen ganzen Körper durchschüttelte, erschien er mir wie ein Baum, den die Axt ins Mark getroffen hat und dessen Zittern den nahenden Sturz verkündet.

»Geraume Zeit verging, endlich gab ich ein Lebenszeichen. Er fuhr empor und sah sich um. ›Entschuldigen Sie,‹ sagte er, indem er aufstand.

»›Hier ist nichts zu entschuldigen,‹ erwiderte ich, ›aber wenn ich Sie um eins bitten darf;: vergessen Sie nicht, daß das unglückliche Kind Niemanden auf der Welt mehr besitzt als Sie.‹

»›Das ist es ja eben –‹ versetzte er dumpf; ›hier ist es aus‹ – und er schlug sich an das Herz – ›und wer nichts mehr hat, kann auch nichts mehr geben.‹

»Seufzend schüttelte ich das Haupt – hier war nichts mehr zu sagen. Ich verließ ihn, und als ich aus dem Hause trat, hatte ich ein Gefühl, als stünde hinter mir in dem dunklen Flur der Tod und schlüge die Pforte des Hauses wie den Deckel eines Todtenschreines zu. –

»Der Winter kam, und bald nach Beginn desselben erschien Männchen zum ersten Male wieder in der Schule. Ich ließ ihn wieder in seine frühere Klasse eintreten, ich setzte ihn auf die Bank, auf der er gesessen – der Platz war derselbe, aber der Knabe, der darauf saß, war es nicht mehr.

»Schwer war ihm das Lernen auch früher schon geworden, aber er war fröhlich und fleißig gewesen, vielleicht hatte ihm auch das ältere Brüderchen geholfen, und so war er mit seinen Aufgaben fertig geworden – jetzt war das anders; Niemand war mehr da, ihm zu helfen, und auf ihm selber lag es wie ein allgemeiner Druck, der seine Fähigkeiten und Kräfte lähmte.

»Ich hatte den Lehrern äußerste Schonung ihm gegenüber empfohlen und ich weiß gewiß, daß er kein böses Wort in der ganzen Zeit zu hören bekommen hat – wer hätte es auch übers Herz gebracht gegenüber dem blassen Kinde, dem man ansah, wie gern es wollte und wie schwer es vermochte. Aber man kann eine Blume wohl vor Frost und Hitze, vor allem äußeren Ungemach schützen, nicht aber vor der Krankheit, die von der Wurzel aufgesogen ward und unsichtbar von Zelle zu Zelle emporsteigt, bis daß sie den Organismus zerstört. Das Leid, vor dem wir ihn zu schützen strebten, wuchs aus ihm selbst heraus, aus der ihm angeborenen verschlossenen Natur, die er von seinem Vater geerbt hatte, wie er die blonden Haare und lichten Augen der Mutter verdankte.

»Dies Alles ist mir erst später klar geworden, als die Dinge sich bis zum Ende entwickelt hatten und wie ein zusammenhängendes Bild vor mir lagen, als ich zurückblickend, mit Schrecken inne ward, welche Qualen das unglückliche Kind in jener Zeit erlitten hat. Das, was ich damals bemerkte, war, daß er von Tag zu Tage scheuer ward und immer träumender in sich selbst versank. An keinen seiner Mitschüler schloß er sich an, vor seinen Lehrern fürchtete er sich, der einzige Mensch, dem er noch vertrauen zeigte, war ich. Allmählich aber nahm auch das ab. In den ersten Tagen war er, wenn er zur Schule kam, an mich herangetreten und hatte mir die Hand gereicht; das hörte auf; im Bogen ging er um mich herum und schlich sich in das Klassenzimmer, ich sollte ihn nicht mehr sehen.

»Des Nachmittags, wenn ich meinen gewohnten Gang machte, sah ich manchmal eine kleine Gestalt, die auf der schneebedeckten Wiese drunten einsam umherlief und Schneehaufen zusammenschaufelte –

das war er, der sich wie ein kleiner Wildling dort umhertrieb. Einmal, den Damm entlang schreitend, gewahrte ich ihn, wie er sich hinter einem Baume versteckt hielt und mich von fern beobachtete. Ich rief ihn an, er trat aus seinem Versteck hervor; es sah aus, als wollte er auf mich zukommen, dann drehte er plötzlich um und wie von unsäglicher Angst gejagt huschte er vom Damme hinunter fort, weit fort von mir.

»So ging der Winter hin, und es kam Ostern, die Zeit, der so manches Schülerherz sorgend entgegenschlägt, weil sie die Entscheidung über Versetzung und Nichtversetzung bringt. Den Knaben zu versetzen, war nicht möglich, und ob es mir gleich ein Gefühl bereitete, als geschähe mir selbst ein tiefes Leid, mußte ich mich entschließen, ihn sitzen zu lassen. Ich kam selbst in die Klasse und theilte es ihm und seinen Mitschülern so schonend als möglich mit, indem ich alle Schuld auf seine Krankheit schob und ihm für die Zukunft Trost und Hoffnung zusprach. Der Knabe saß regungslos auf seinem Platze und sah nicht empor zu mir.

»Nachher, als die Schüler das Thor verließen, sah ich ihn, der gesenkten Hauptes unter den Andern davonschlich. Ich hielt ihn an und heischte, daß er mir die Hand geben sollte; er that es, ohne den Kopf zu erheben. ›Sieh mich doch einmal an,‹ sagte ich; er that es, und ich blickte in ein Gesicht voll hoffnungsloser Traurigkeit. Es war mehr als Trauer, es war jener herzzerreißende Ausdruck, den man in den Augen kranker Kinder wahrnimmt, die plötzlich wie Erwachsene aussehen, als ahnten sie, daß sie dicht vor der Lösung des Räthsels von Sein und Nichtsein ständen und bald weit mehr wissen würden als alle die Erwachsenen, von denen sie bisher gelernt.

»›Bist Du krank, Männchen?‹ fragte ich, – er schüttelte schweigend den Kopf.

»›Weißt Du, daß ich Dir gut bin?‹ fragte ich. Er nickte langsam mit dem Kopfe, aber es sah nicht aus wie ›ja‹, sondern als wollte er sagen: ›laß nur gut sein – ich weiß schon, wie es steht.‹

»Zum Sprechen war er nicht zu bringen. »Am Morgen eben jenes Tages hatte der Frühling Macht bekommen über den Winter. Das Eis war auf dem Strome gebrochen, und die Fluthen des Wassers kamen, von Stunde zu Stunde wachsend, ihren tobenden Gang daher. Ein heulender Wind, der um die Mittagsstunde aufgesprungen war, begleitete das Wellen-Gebrause, so daß es war, als hätten die beiden Naturdämonen sich verschworen, den geängsteten Menschen einen schreckensvollen Tag zu bereiten. Und in der That entsinne ich mich nicht, vorher oder später einen gleichen erlebt zu haben. Es wurde kaum hell; die Sonne schien erstickt von den schwarzgrauen Wolken, die aus der Südwestecke des Himmels wie aus einem unerschöpflichen Born hervorquollen und in sinnloser Hast, tief niederhängend über dem Flusse dahinjagten; das graue Wasser unten, das immer gurgelnder an dem Damme emporstieg, immer donnernder seine Schollen an die hölzerne Brücke warf, als mußte heute aufgeräumt werden mit dem verhaßten Eindringling in sein Gebiet, der graue Himmel darüber – es war ein Bild der denkbar furchtbarsten Oede.

»Dazu die wundersamen Töne, mit denen sich der Sturm, der keinen menschlichen Laut aufkommen ließ, an tausend Ecken und Kanten brach und mit denen er die Ohren der Menschen täuschte und äffte. Noch heute fühle ich den eisigen Schreck, der mich plötzlich überfiel, als ich über die zitternde, schwankende Brücke zur Stadt zurückging und jählings stehen blieb, weil ich den schrillen Schrei einer Kinderstimme zu hören glaubte. Ich erkannte bald, daß ich mich getäuscht hatte, daß es nur der Wind gewesen war, der in dem Tauwerk der Schiffe rüttelte, die am Fuße der Brücke lagen, und der von den straffen Tauen wie von pfeifenden Sägen durchschnitten ward – aber noch einmal wiederholte es sich, noch einmal bannte mich der Schreck an die Stelle, über die ich ging, denn wieder glaubte ich einen fernen, klagenden Schrei gehört zu haben. Es war auch diesmal eine Täuschung – hoch über mir gewahrte ich eine Krähe, die vergebens dem Winde entgegen zu streben suchte und die endlich, wie ein Fetzen schwarzen Papiers herumgewirbelt und zurückgeschleudert ward – von ihr ging der heiser klagende Schrei aus, den ich vernommen.

»Trotzdem verließ mich von dem Augenblick an ein dumpfes, unheimliches Gefühl nicht mehr, eine drückende Beängstigung, deren ich nicht Herr zu werden vermochte, obschon ich mir nicht klar darüber werden konnte, was es war, wovor mir graute.

»Mit zunehmender Dunkelheit wuchs dieses Gefühl; es duldete mich nicht mehr in meinen vier Wänden, denn es lag über mir wie die

Ahnung eines schweren Unglücks, das in dieser, allem Menschlichen verfeindeten Nacht geboren werden müßte. Ich ging noch einmal auf die Brücke, ich wollte noch einmal hinüber auf den Damm – was ich dort suchte, ich hätte es nicht zu sagen vermocht. Man ließ mich aber nicht mehr hinüber, denn die Brücke drohte jeden Augenblick mit den Wellen abzugehen. Ich blieb eine Zeit lang bei den Männern stehen, welche die Brückenwacht hielten, und sah ihnen zu, wie sie beim düsterrothen Scheine von Pechfackeln das Steigen des Wassers an den Pfeilern der Brücke untersuchten.

»›Was schwimmt denn da?‹ rief plötzlich einer der Männer, indem er mit der Fackel so tief als möglich hinableuchtete, und als ich das hörte, stürzte ich an das Geländer der Brücke und ich glaube, ich stieß einen Schrei aus.

»Es war wieder ein unnöthiger Schreck gewesen, denn was da unten angerauscht kam, war nichts weiter als ein junger Birkenbaum, den der Strom irgendwo aus dem Boden gerissen und mitgenommen hatte. Seltsam freilich war es zu sehen, wie die Zweige der jungen Krone aus dem Wasser ragten, daß sie von ferne beinah' wie ausgereckte, hilfeflehende Arme erschienen. Ich schämte mich meiner Schwäche vor den Leuten, obschon sie alle wohl zu erregt gewesen waren, um weiter darauf zu achten, und ging nach Haus.

»Die Nacht verlief, ohne daß ein Unglück geschehen wäre; so rasch das Wasser gestiegen war, so schnell begann es wieder zu sinken, und als es Morgen ward, war die Gefahr vorüber. In den Vormittagsstunden aber, denn die Schule hatte ja Ferien, machte ich mich auf, um zu sehen, wie mein alter Damm draußen dem Hochwasser widerstanden hatte. Als ich ein Stück Weges hinausgelangt war, sah ich etwa zweihundert Schritt vor mir eine Gruppe von Menschen, die an der Kante des Dammes standen und auf etwas hinunterblickten, was sich dort am Fuße des Dammes zu befinden schien. An der Stelle war ein Gestrüpp von Erlen und Weiden. ›Der Damm hat wohl ein Loch bekommen?‹ fragte ich einen Arbeiter, der mir von dort entgegenkam.

»›Nein,‹ antwortete er, ›es is ein Kind.‹

»›Ein Kind?‹ – aber er war schon an mir vorüber.

»Alles Blut floß mir plötzlich vom Herzen, und mir war, als ob der Damm unter meinen Füßen zu wogen begann. Ich weiß nicht mehr, ob ich rasch, ob ich langsam ging; ich weiß nur noch, daß ich unter die Leute trat, die sich dort zusammendrängten, daß ich hinunterschaute und daß ich mich, ohne ein Wort zu sagen, auf der Kante des Dammes niedersetzen mußte, weil es mir plötzlich schwarz vor den Augen ward.

»›Es is dem Hauptmann seines,‹ hörte ich die Leute um mich her einander zuflüstern – ja, es war des Hauptmanns Kind – sein letztes.

»Unten in dem Gestrüpp, zwischen zwei Weiden geklemmt, das Haupt eben wieder auftauchend, den übrigen Körper noch vom Wasser überströmt, lag Männchen – und war todt. »Wie er dorthin gekommen – ob es ein Ausgleiten gewesen, das ihn hinuntergeschleudert hat – Niemand hatte es gesehen – Niemand weiß es und wird es jemals erfahren. Manchmal aber in schlaflosen Nächten, da höre ich ihn wieder weinen, da sehe ich, wie sein Köpfchen mir zunickt mit dem trostlosen Ausdruck: ›ich weiß schon, wie es steht‹ – und dann erhebt sich eine schreckliche, flüsternde Stimme in mir, die mir einreden will, daß es kein Zufall, kein Ausgleiten, daß es etwas anderes war, was ihn dort hinunterflüchten ließ, von dieser Erde hinweg, wo Niemand mehr etwas von ihm wissen wollte, von dem Kinde, dessen Schuld darin bestand, daß es als Letztes übrig blieb von seinen Geschwistern.

»Als wir die von der Kälte des Wassers und des Todes verklammten und erstarrten Glieder des Knaben aus dem Gestrüpp gelöst hatten und mit ihm auf den Damm hinaufgestiegen waren, sah ich durch die Gärten der Häuser, welche dort in der vom Damme geschützten Niederung lagen, einen Mann herangelaufen kommen. Es war der Hauptmann. Er war ohne Kopfbedeckung, so daß ihm der Wind das schwarze Haar durchwühlte, ohne Säbel, nur im Ueberrock, und der Rock war halb zugeknöpft. Er kam geradenwegs auf uns zu, quer durch die Gärten der Häuser hindurch, die zwischen dem Garten seines Hauses und dem Damme lagen; er schwang sich über die Stakete hinweg, welche die Gärten von einander trennten, über die Beete, über die Pflanzen ging es dahin, und als die Gitterpforte des letzten Gartens, die zu hoch war, um sich darüber zu schwingen, nicht gleich sich öffnen wollte, warf er sich dagegen, daß sie aufbrach.

»Indem er den Damm herauf kam, vernahm ich seine Stimme: ›Wo? Wo? Wo?‹ rief er.

»Im nächsten Augenblick hatte er den Körper des Knaben, den ich in meinen Armen hielt, an sich gerissen, mit wüthender Gewalt preßte er ihn an seine Brust, und dreimal, viermal nach einander küßte er das todesblasse, schweigende Gesicht. Das Haupt des Kindes lag an seinem Herzen, das wasserschwere, blonde Haar hing lang herab – vor meiner Seele erschien das Bild, wie das Kind, da es noch lebte, in seinen Armen gelegen und ausgesehen habe, als wäre es schon todt.

»Die Männer standen lautlos, zu einer scheuen Gruppe zusammengedrängt, und brachten dem ungeheuren Menschenleide, das sich vor ihren Augen entrollte, den Tribut schweigender Ehrfurcht dar.

»Der Hauptmann wandte keinen Blick auf uns, er schien kaum mehr zu wissen, daß wir da waren; mit öden Augen schaute er über sein Kind hinweg in den grauen Himmel, an dem die Wolken in zerfetzten Haufen dahinzogen. Dann riß er den Uniform-Ueberrock auf, schob den Körper des Knaben so weit als möglich hinein, als sollte der todte Leib an seinem Leibe erwärmen, und so machte er sich mit ihm auf den Weg. Niemand wagte, ihm zu helfen, Niemand, ihm dreinzureden. Wir ließen ihn gewähren und gehen; denn wir sahen, daß wir es mit einem Verzweifelnden zu thun hatten.

»Ich blickte ihm nach, wie er mit seiner Last dahinschritt, blind für die Schaaren von Neugierigen, die sich unterdessen gesammelt hatten, taub für das Gemurmel und Geflüster rings umher, und indem ich ihn dahinwanken sah, kam mir der Gedanke, er sei ja nun so weit, wie er es damals gewünscht, als er gegrollt hatte, daß er sich nicht todtschießen und mit seinen Jungen einscharren lassen könnte. –

»Ich war so an Schreckliches gewöhnt, so auf Schreckliches vorbereitet, daß ich nicht gestaunt haben würde, wenn man mir die Nachricht gebracht hätte, daß er seinen Kindern nachgegangen wäre. Vielleicht hegten seine Vorgesetzten ähnliche Befürchtungen, denn unmittelbar nach diesem Vorgange erhielt er ein Kommando, welches seine ganze Kraft in Anspruch nahm und ihn auf mehrere Monate aus unserer Stadt hinwegführte. Als er von demselben zurückkehrte, war soeben die Mobilmachung der Armee ausgesprochen, der Krieg mit Frankreich stand vor der Thür.

»Nun gab es Chassepot-Gewehre und Mitrailleusen, die Liebesdienste zu erweisen bereit waren, wie er sie sich wünschte. Die Reservisten wurden eingezogen, und unter ihnen erschien ein bekanntes Gesicht, Gottlieb Bänsch. Er wurde wieder in die Batterie des schwarzen Hauptmanns eingestellt und zog mit ihr ins Feld. Wenige Wochen später war er schon wieder zurück, mit einem Gewehrschuß im Beine, den er auf den Spicherer Bergen erhalten hatte und der einen dicken Strich unter seine militärische Laufbahn machte. In meinem Hause wurde er, auf mein Bitten, untergebracht; ich pflegte ihn und darf es sagen, ich pflegte ihn recht.

»Auf der Verlustliste, die nach dem blutigen Tage wie ein düsteres Echo des ruhmvollen Waffenklanges zu uns gelangte, stand als Erster der Gefallenen der schwarze Hauptmann. Seine Batterie war eine derjenigen gewesen, die das Unmögliche möglich gemacht, die Spicherer Berge erklommen und die siegreiche Entscheidung der Schlacht herbeigeführt hatten.

»»Wir hatten jar nich geglaubt, daß wir's fertig kriegen könnten,‹ erzählte mir Gottlieb Bänsch; ›aber der Hauptmann war immer vorne weg und schrie immer: ›feste, Kinder, es jeht‹.«

»Im Augenblick, als er das Abprotzen der Geschütze befahl, hatte er drei Chassepotkugeln auf einmal in die Brust bekommen. Gottlieb Bänsch hatte ihn aus dem Feuer tragen wollen, aber er hatte gesagt: ›Laß man sein, Jottlieb, es is nich mehr nöthig.‹ ›Und so zufrieden wie in dem Augenblick,‹ meinte Gottlieb Bänsch, ›hat er sein janzes Leben lang nicht ausgesehen. Denn is er schwach jeworden,‹ erzählte Gottlieb Bänsch weiter, ›und denn hat er mir an die Hand gekriegt undgesagt: ›Jottlieb‹, sagt er, ›ick danke Dir auch, daß Du so jut zu meine Jungens jewesen bist – und wenn Du nach Hause kommst, denn jeh' da 'raus, wo sie liegen, und sieh' nach die Gräber, – und denn‹ – Gottlieb Bänsch machte eine Pause – ›und denn war's aus.‹ –

»Da hinaus, an die Stätte unter dem Hollunderbusche, wo einst drei gelegen hatten und jetzt viere lagen, war denn auch sein erster Gang, als er so weit genesen, daß er an meinem Arme humpelnd den Weg unternehmen konnte. Als wir zurückkehrten, fanden wir eine Vorladung für Gottlieb Bänsch, am nächsten Vormittage auf dem Gerichte zu erscheinen. Der schwarze Hauptmann hatte ein Testament dort hinterlassen, das war eröffnet worden – Gottlieb

Bänsch mußte etwas damit zu thun haben, aber wir wußten nicht, was.

»Am nächsten Tage sollten wir es erfahren. Das Testament, in welchem der schwarze Hauptmann über sein geringes Vermögen letzte Verfügung traf, enthielt diese Worte: ›Meinem ehemaligen Burschen, dem Kanonier Gottlieb Bänsch, vermache ich zum Danke für Alles, was er an meinen Kindern gethan hat, die Summe von Eintausend Thalern. Ich wünsche ihm, daß er selbst dereinst Kinder haben und daß Gott ihn segnen und ihm vergelten möge an seinen Kindern, und ich bitte ihn, zuweilen an seinen alten Hauptmann und die Kinder seines Hauptmanns zurückzudenken.‹ –

»Als der Soldat das hörte, legte er seine breite Hand über die Augen, und zwischen den Fingern hindurch sah ich seine Thränen herabtröpfeln.

»Es dauerte lange, bis er sich gefaßt hatte, und er stützte sich schwer auf meinen Arm, als er sich erhob. Draußen zog er sein baumwollenes Taschentuch und wischte sich die Augen. ›Ja‹ sagte er, ›er konnte es nich so zeigen; aber ick hab's immer jewußt – es war ein juter Mann.‹«